AF403975

PIÈCES HISTORIQUES

RELATIVES

A PIE VII,

SOUVERAIN PONTIFE.

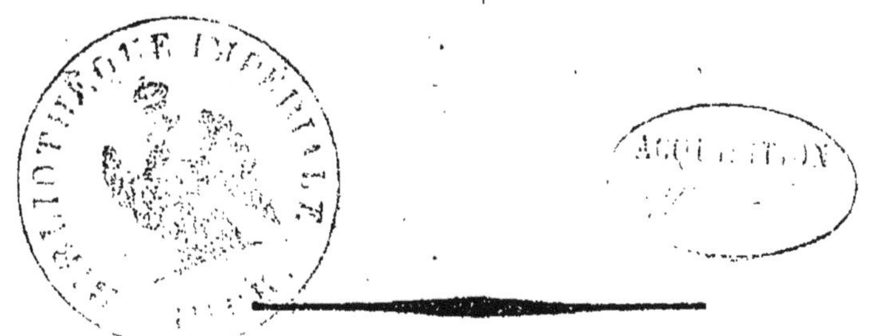

A PARIS,

Chez ANT. BAILLEUL, Imprimeur - Libraire ;
rue Helvétius, N°. 71 ;

Et chez les Marchands de Nouveautés.

AVRIL 1814.

AVIS

DE L'ÉDITEUR.

Nous voulions réunir toutes les pièces relatives aux persécutions qu'a éprouvées Pie VII ; mais cette réunion, et les détails historiques que nous voulions y ajouter, auraient empêché la publication immédiate de celles que nous avions déjà. Il nous a paru urgent de les publier. L'opinion de tous les Français ne peut être trop tôt fixée, par la vérité des faits et par l'intérêt sacré de la Patrie. C'est au Souverain Pontife que nous avons cru devoir adresser ce recueil.

On trouvera quelques incorrections dans les pièces traduites de l'italien. Cette traduction a été faite à Rome ;

et, n'ayant pas sous les yeux les origi-
naux italiens, nous avons laissé
subsister ces incorrections, dans la
crainte, en les redressant, d'altérer
le texte.

10 Avril 1814.

A PIE VII,

Souverain Pontife.

Tous les Chrétiens, quelle que soit leur communion, ont gémi sur vos malheurs ; ils ont admiré votre résignation et votre fermeté : jamais le Siége de Rome ne fut illustré par plus de vertus.

Les temps sont venus, les décrets de la Providence s'exécutent. Assez de sang a souillé la terre ; assez de malheurs l'ont désolée.

Quia tu spoliasti gentes multas, spoliabunt te omnes qui reliqui fuerint de populis : propter sanguinem hominis et iniquitatem terræ civitatis et omnium habitantium in eâ (1). Jamais

______

(1) Habacuc, cap. 2, v. 8. Parce que tu as dépouillé plusieurs nations, tout le reste des peuples te dépouillera, à cause des meurtres des hommes et de la violence que tu auras faite au pays, à la ville, et à tous ses habitans.

ces paroles d'Habacuc ne furent accomplies avec plus d'éclat pour l'instruction des Peuples et des Rois.

La tyrannie qui a pesé sur la terre comme un fléau dévastateur, est renversée; épouvantée elle-même de ses attentats, elle n'a pas osé porter sur votre existence ses mains sacriléges, et vous réunir aux victimes de vendémiaire, aux mânes d'un de nos Princes, à plus de huit millions d'hommes immolés par elle.

La perfidie, la spoliation, l'homicide, tous les crimes ont accompagné ses pas, et ses traces sanglantes ont souillé l'Europe entière.

Napoléon (1) avait entraîné le peuple par l'illusion d'une vaine gloire, par des institutions que la civilisation indiquait, qu'il n'adoptait que pour donner plus d'éclat à son nom, et qu'il renversait ou violait, dès qu'elles contrariaient ses

____

(1) *Appollyon, id est exterminans Apocalypsis.* Cap. IX.

passions. Il enchaînait l'opinion par l'ambition, le besoin ou la terreur.

Il séduisait le peuple et l'armée par des victoires qu'il achetait au prix du sang de tous les peuples et de leurs dépouilles. C'est de ces dépouilles de la terre qu'il ornait ses palais, et dont il couvrait les hommes qu'il avait attachés à son char comme une foule d'esclaves. Outrager les rois de la terre, porter la désolation au sein de leurs antiques races, étaient les jeux cruels de sa politique barbare : *Rien n'est criminel*, disait-il, *quand il faut affermir la puissance*. Après avoir juré la *liberté*, il en effaçait le nom ; il proscrivait celui de *Patrie*. Tout devait être pour lui seul ; toute gloire, tout hommage étranger à son nom lui étaient en horreur. *Il se trouvait à l'étroit dans cette vieille Europe*. La terre entière semblait ne devoir exister que pour lui, et devoir être le champ horrible de ses dévastations. Il nous arrachait nos enfans, pour les immoler à ses passions et à cette idole de la gloire, dans laquelle il se transformait lui-même, pour courber à ses pieds les Peuples et les Rois.

J'ai vu descendre sa statue, avec l'admiration qu'inspire un grand acte de la Justice divine, sur la même place où la statue de Louis XIV fut renversée, en 1793, au milieu des vociférations et des poignards de l'anarchie. La noble tête du Monarque et son bras élevés vers le Ciel, semblaient alors en implorer la vengeance.

Il est tombé comme le cèdre des hautes montagnes que la hache a frappé.

Souverain Pontife, sur le Siége où vous allez être replacé, vous apprendrez ces événemens mémorables dont la capitale de la France est aujourd'hui le témoin. Le Ciel a entendu le vœu des hommes purs qui le suppliaient pour elle.

Une nation forte de ses institutions, parce qu'elles sont fondées sur la liberté et sur l'ordre, a soutenu l'édifice social prêt à s'écrouler sous la hache et les torches de l'anarchie. Grâces immortelles en soient rendues au génie de Pitt!

Après des scènes horribles de proscriptions et de crimes, où, en France, le sang des Rois, des Chefs de l'Église, des Prêtres, des Magistrats les plus vertueux, des hommes distingués par leur nom, par leurs services, par leur génie, par leurs vertus, ruisselait sous le fer des poignards et des échafauds, confondu et souillé dans le sang même des bourreaux, qui se succédaient et se détruisaient; un Gouvernement réparateur, qui tendait à se former pour rétablir la monarchie sur des bases stables, et pour rappeler les descendans de Henri, fut encore renversé par les derniers efforts de l'anarchie. L'homme qui avait commencé sa carrière par faire couler le sang des citoyens sous la Convention nationale et au sein de cette immense cité, seconda alors l'anarchie par des adresses séditieuses qu'il dictait à son armée. Les amis de l'ordre furent pros-

crits, arrachés à leurs familles, et déportés jusque dans les déserts de la
Guiane. Appelé ensuite par un Gouvernement anarchique, il l'enchaîna
sous les couleurs d'une magistrature
populaire, qu'il jura de maintenir, et qui
ne lui servit que d'échelon pour déployer
bientôt le despotisme le plus affreux qui
ait encore souillé les annales du Monde.

Mais enfin, après de longs et malheureux efforts, toutes les Nations se sont
unies. Au midi, un illustre capitaine
conduisant ses armées avec la plus sage
prudence, unissant toujours l'humanité
à la victoire, a délivré le Portugal, l'Espagne, l'Aquitaine, et conduit avec lui
le descendant de nos Rois. Bordeaux a
proclamé son légitime Souverain. Au
nord et à l'est, tous les peuples, depuis
Moscou jusqu'au Rhin, depuis la Bal-
tique jusqu'à la Meuse, ont secoué son
joug : ils se sont unis; et Paris, cette
immense cité, a vu flotter autour de
son enceinte les étendards des puissances
alliées. Napoléon l'avait abandonnée,

ravissant les trésors et les chefs-d'œuvre qu'il pouvait enlever, laissant des ordres et des torches incendiaires pour la renverser, et une armée courageuse et fidèle, mais impuissante, pour soutenir un pareil effort. Il voulait que les citoyens vinssent s'immoler hors des murs, en abandonnant leurs femmes et leurs enfans à l'outrage, au pillage et aux flammes.

La sagesse des Princes et des Chefs des armées alliées a prévenu cette horrible destruction. Ils hésitaient d'avancer; ils ont arrêté la victoire; ils ont notifié qu'il ne combattaient pas les Français, mais un Gouvernement oppresseur.

Napoléon avait osé déclarer que, *s'il périssait, sa chute épouvanterait la Terre.*

Jamais, Souverain Pontife, jamais l'histoire n'a signalé un plus beau jour. Ce Czar, qu'on nous peignait comme un Attila, traînant après lui la dévastation, l'esclavage et la mort, a enchaîné la vengeance. Il a oublié ses villes détruites,

le commerce de son vaste Empire long-
temps opprimé, ses palais incendiés;
Napoléon seul a paru criminel à ses yeux.
Tout ce qui pouvait honorer les peuples
malheureux, dont lui et ses hauts alliés
venaient rompre les chaînes, a été la
noble expression de sa volonté et de ses
vœux.

Ce prince magnanime a dit au Sénat :
« Je suis l'ami du peuple français;
ce que vous venez de faire redouble
encore ce sentiment : il est juste,
il est sage de donner a la France
des institutions fortes et libérales,
qui soient en rapport avec les lumières actuelles. Mes alliés et moi,
nous ne venons que protéger la liberté de vos décisions. »

Et après un moment de silence, qui
était le recueillement sublime de la bien-
faisance et de la vertu, S. M. I. a repris
avec la plus touchante émotion :

« Pour preuve de cette alliance
durable que je veux contracter
avec votre nation, je vous rends

TOUS LES PRISONNIERS FRANÇAIS QUI SONT EN RUSSIE. LE GOUVERNEMENT PROVISOIRE ME L'AVAIT DÉJA DEMANDÉ : JE L'ACCORDE AU SÉNAT, D'APRÈS LES RÉSOLUTIONS QU'IL A PRISES AUJOURD'HUI.»

Ces paroles mémorables et sacrées, qui doivent être conservées à jamais, ont porté dans le cœur de tous les Français l'admiration, la reconnaissance et l'amour. Plus de deux cent mille de nos enfans nous sont rendus......

Souverain Pontife, votre cœur en sera ému, et vous en rendrez grâce à l'Éternel, au nom de la terre entière.

Implorez pour elle le repos et la paix;

Implorez les bénédictions célestes pour ces Empereurs, ces Rois, ces Princes, ces Généraux, ces Chefs, ces Soldats, qui, par leurs efforts et au prix de leur sang, ont arrêté la dévastation de la terre et la ruine de la civilisation;

Implorez ces bénédictions divines, Souverain Pontife, pour les frères de Louis XVI, de qui l'anarchie a fait

tomber la tête sous nos yeux, et auquel une voix apostolique a dit : Fils
de Saint-Louis, montez au Ciel;

Implorez-les particulièrement pour le
Monarque que ses droits appellent au
trône des Français. Leur bonheur était
l'objet de ses études et de ses vœux. Son
long exil aura instruit sa sagesse. Il
maintiendra avec force la constitution
qu'il viendra jurer; qu'il écarte l'intrigue,
qu'il soit le réparateur de nos maux,
qu'il verse les consolations et les secours
partout où est le malheur, et qu'il trans-
mette la France heureuse et tranquille à
ses successeurs;

Implorez ces bénédictions pour son
auguste frère, qui, en entrant sur le sol
de la France, en a proclamé la délivrance, et a trouvé dans ces généreux
Suisses, dont le sang avait ruisselé pour
défendre le trône, de fidèles alliés;

Implorez-les pour ce Prince qui a
manifesté d'une manière si touchante
les sentimens et les vœux du Monarque
et les siens, dans l'antique capitale de

l'Aquitaine, qui, la première, a arboré l'étendard royal;

Implorez-les, Souverain Pontife, pour cette Princesse, son auguste compagne, si long-temps, si cruellement malheureuse, et dont tant de souvenirs déchirans vont émouvoir la sensibilité; qu'Elle vienne recueillir les consolations et les hommages de la nation entière; que ces touchans témoignages, que sa charité, que ses vertus, calment enfin le sentiment de ses malheurs!

Implorez-les aussi pour cette Princesse, qu'un dévouement généreux pour son auguste père et pour sa patrie, a si malheureusement unie au sort de l'homme qui nous opprimait : les Français n'oublieront jamais sa conduite et ses vertus;

Implorez, Souverain Pontife, les bénédictions du Très-Haut pour l'Italie, pour l'Espagne, pour l'Allemagne, pour toutes les contrées si long-temps dévastées; que leurs Princes, replacés dans le système d'équilibre nécessaire au repos

de tous, s'occupent sans relâche à réparer les malheurs de leurs États, et à
y faire régner la religion et les lois,
bases sacrées de la morale et de l'ordre
public;

Implorez même le pardon de l'homme
qui a été l'instrument des décrets impénétrables du Roi des Rois;

Implorez, Souverain Pontife, les bénédictions du Très-Haut pour l'Église;
que la vertu, que la tolérance, que la
charité, affermissent seules son Empire, et que tous les Temples chrétiens,
ouverts sur la Terre entière, fassent
retentir bientôt les hymnes sacrés de
la reconnaissance et de la paix!...

C'est dans le lieu même, Souverain
Pontife, où vous venez d'être si long-
temps captif et outragé, que le Ciel a mis
un terme à la puissance de l'oppresseur.
*Que les voix de chants de triomphe,
d'admiration et de délivrance, retentis-
sent dans les Tabernacles de l'Eternel!.*

10 Avril 1814.

RECUEIL

DE PIÈCES OFFICIELLES,

CONCERNANT ROME.

Notification traduite de l'original italien.

S. S. N. S. P. le Pape Pie VII n'ayant pu adhérer à toutes les demandes qui lui ont été faites de la part du Gouvernement français, en telle exécution qu'on le voulait, parce que ses devoirs sacrés et la voix de la conscience le lui défendaient, se voit forcé d'encourir les conséquences désastreuses qui lui avaient été déclarées, et de subir l'occupation militaire de la Capitale même où il réside, dans le cas qu'il n'eût pas adhéré à toutes les demandes dont il s'agit.

Résigné, comme il l'est, dans l'humilité de son cœur, *aux jugemens impénétrables du Très-Haut*, il remet sa cause entre les mains de Dieu, et ne voulant pas manquer d'ailleurs à l'obligation essentielle qu'il a de garantir les droits de sa souveraineté, il nous a ordonné de protester;

Comme il proteste formellement, tant en son nom qu'en celui de ses successeurs, contre l'occupation de ses domaines; entendant que les droits du Saint-Siége restent, pour le présent et pour l'avenir, intacts et en leur intégrité.

Vicaire sur la terre de ce Dieu de paix, qui, par son divin exemple, enseigne la douceur et la patience, il ne doute pas que ses très-chers sujets, de qui il a toujours reçu tant de preuves d'obéissance et d'attachement, ne feront tout ce qui sera en leur pouvoir pour conserver la paix et la tranquillité, tant particulière que publique.

Comme l'exhorte et l'ordonne expressément S. S., et que, bien loin de leur faire aucun tort ou aucune injure, ils respecteront, au contraire, les individus d'une nation, dont il a reçu, dans son voyage et pendant son séjour à Paris, tant de témoignages de dévouement et d'affection.

Donné aux Chambres du Quirinal, le 2 avril 1808. *Signé*, F. Card. Casoni.

Lettre traduite de l'original italien, écrite par ordre de S. S. Pie VII, à LL. EE. les Cardinaux suivans, auxquels le Commandant militaire français a intimé l'ordre de sortir de Rome.

Valenti GONZAGA, *Évêque d'Albano.*

CAZONDINI, *Préfet du concile.*

CASONI, *Secrétaire d'État.*

Joseph DORIA, *Évêque de Frascati.*

DELLA SOMAGLIA, *Vicaire de S. S.*

ROVARELLA, *Prodataire.*

BRASCHI ONESTI, *Secrétaire des brefs.*

LOCATELLI, *Évêque de Spoletto.*

CREVELLI.

GULLERATTI SCOTTE.

GALEFFI.

Antoni-Marri DORIA.

LITTÀ.

DUGNANI.

PIGNATELLI.

CARRACCIOLO.

FIZZAO.

SALLUZZO.

RUFFO SCILLA, *Archevêque de Naples.*

Fabricio Ruffo.

Caraffa Trajetto (resté par intercession).

Éminentissime Seigneur,

S. S. Notre-Seigneur a ordonné au cardinal Doria Pamphili, secrétaire d'État, de signifier à V. Em. que son cœur est percé de la douleur la plus aiguë, à cause de l'intimation faite par le commandement militaire français à tant d'individus du Sacré Collége, qui les oblige de partir dans le terme de trois jours.

S. S. voyant clairement que cette mesure, fille de la violence et de la force, a pour but de détruire le régime spirituel de l'Église de Dieu, en séparant de son Chef suprême tant de membres nécessaires pour la direction des affaires ecclésiastiques, et même son vicaire, son premier ministre, et les pasteurs respectifs de leurs diocèses, ne peut pas absolument le permettre; ainsi elle défend à chacun, en vertu de l'obéissance qui lui a été jurée, de s'éloigner de Rome, si toutefois il n'y est pas positivement contraint.

S. S. prévoyant le cas que la force, après avoir indignement arraché V. Em. de son sein pontifical, eût à les laisser à quelque distance de Rome, l'avis du S. P. est qu'elles ne poursuivent pas le voyage, si la force ne l'accompagne au lieu destiné, parce qu'au lieu de regarder comme volontaire la séparation du Chef de l'Église, on pourra aussi voir la violence qui les en arrache.

La vertu reconnue de tous les individus auxquels on a intimé l'ordre de partir, ranime le cœur pénétré de douleur du S. P., et l'assure que chacun d'eux souffrira patiemment, à son exemple, cette nouvelle persécution, et que, du spectacle indigne que l'on donne au Monde, la bonne opinion qu'on a du Sacré Collége sera augmentée au lieu d'être diminuée.

C'est ce que le soussigné est chargé expressément par S. S. de signifier à V. Em., à laquelle elle renouvelle le témoignage de son dévouement.

Cardinal DORIA, *pro-secrétaire d'État.*

Depuis le départ de ce cardinal, c'est le cardinal Gabrielli qui est pro-secrétaire.

Des Chambres du Quirinal,
le 23 mars 1808.

Les quatorze cardinaux napolitains qui avaient été conduits de la même manière à Naples, ont été conduits ensuite à Modène. S. S. a conféré les emplois des cardinaux qui sont déportés à d'autres, mais comme vicaires. Aussi le cardinal Gabrielli, évêque de Sinigaglia, est nommé pro-secrétaire d'État à la place du cardinal Casoni; le cardinal Antonelli, évêque d'Ostie, est pro-secrétaire des brefs, à la place du cardinal Braschi; le cardinal Vincenti, pro-camerlingue, à la place du cardinal Joseph Doria; le cardinal Albani, pro-secrétaire des mémoriaux, à la place du même Joseph Doria; le cardinal Despnig, espagnol, archevêque de Séville, pro-vicaire de Rome, à la place du cardinal Somaglia.

Ordre du jour adressé aux troupes en garnison à Rome, par le général Miollis.

S. M. l'Empereur et Roi Napoléon témoigne sa satisfaction aux troupes de S. S. pour la bonne tenue. Elles ne recevront plus à l'avenir d'ordres ni de prêtres, ni de femmes. Des soldats doivent être commandés par des soldats. Les troupes peuvent être assurées qu'elles ne retourneront pas sous les ordres des prêtres. L'Empereur et Roi leur donnera des généraux que la bravoure a rendus dignes de les conduire.

Au quartier-général, à Rome, le 27 mars 1808.

Signé, MIOLLIS.

On a conduit les troupes de S. S. d'abord à Ancône, d'où elles ont dû se rendre dans le royaume d'Italie pour y être réorganisées.

Copie d'un bref du Pape Pie *VII*, à notre cher fils l'Empereur des Français.

Depuis que, par une disposition divine, nous avons été, sans aucun mérite de notre part, élevé au suprême pontificat, vous avez été témoin de nos désirs pour la paix de l'Église catholique; vous avez été témoin de nos soins pour la paix spirituelle du peuple français, et de notre condescendance paternelle ; vous avez été témoin de nos faveurs à l'égard de l'Église gallicane, à l'égard de vos sujets ; vous avez été témoin que nous nous sommes prêté, en toutes circonstances, jusqu'où pouvait s'étendre le pouvoir de notre ministère, aux concessions, et aux concordats avec l'empire français et le royaume d'Italie ; finalement, vous avez été témoin des sacrifices immenses que nous avons faits, et que nous avons supportés pour le bien-être et le repos de la nation française et italienne, au préjudice de notre peuple, quoique déjà réduit à la disette et à l'impuissance par les vicissitudes qu'il avait souffertes.

Vous, cependant, par rapport à tant de faveurs signalées, vous n'avez pas cessé de déchirer notre cœur, et de nous réduire, sous de faux prétextes, dans un état d'afflictions les plus profondes, et de mettre à l'épreuve nos devoirs sacrés et notre conscience.

En compensation du concordat ecclésiastique, vous ne nous avez rendu que la destruction d'icelui, par des lois séparées, *dites organiques* ; vous nous avez fait des propositions étudiées à dessein, irréconciliables avec la morale évangélique, avec les maximes de l'Église universelle;

En compensation de la paix et de nos faveurs, dès long-temps les domaines du Saint-Siége ont dû supporter le poids énorme de vos troupes et les avances de vos commandans; en sorte que, depuis 1807 jusqu'à présent, elles ont consommé à peu près cinq millions d'écus romains, sans maintenir la promesse solennelle du remboursement du royaume d'Italie;

En compensation de ceci, vous nous avez dépouillé;

Pour complément, vous nous avez présenté quelques articles à notre sanction, contraires aux droits des gens, à l'unité et aux canons de l'Église catholique, et au bien-être des catholiques dispersés dans les royaumes étrangers, destructifs de notre indépendance et liberté ecclésiastiques;

Pour complément et compensation, vous avez envahi hostilement nos domaines, qui furent donnés par la munificence et la piété des monarques, particulièrement français, au Saint-Siége apostolique, et consacrés à l'indépendance et à la liberté des successeurs de Saint-Pierre, et confirmés depuis plus de dix siècles, jusqu'à présent, par tous les princes catholiques, au Père commun de tous les fidèles de l'Église catholique, afin qu'il pût demeurer au milieu des enfans premiers-nés, dans une liberté et une indé-pendance absolue;

Enfin, vous avez envahi hostilement la capitale même, et vous avez rendu rebelle la milice; vous avez occupé les postes et les imprimeries; vous avez arraché de notre sein les conseillers intimes pour la direction des affaires spirituelles de l'Église, les mi-nistres d'État, et vous nous avez rendu nous-même prisonnier dans notre résidence apos-tolique, en pesant militairement sur notre peuple.

Nous appelons, pour la décision, sur cette manière d'agir de votre part, au droit de tous les peuples, à vos devoirs sacrés et à ceux de votre peuple; nous en appelons à vous-même, comme à un fils consacré et assermenté pour réparer les dommages et pour soutenir les droits de l'Église catho-lique, et à la justice du Très-Haut.

Vous, néanmoins, vous abusez de vos forces, foulant aux pieds tous les devoirs sacrés, et principalement au préjudice de l'Église; vous nous forcerez ainsi à ce que nous fassions , dans l'humilité de notre cœur, usage de cette force que le Tout-Puissant a mise en nos mains, et ensuite, si vous nous donnez des motifs ultérieurs, de faire connaître à l'univers la justice de notre cause : d'ailleurs, les maux qui pourront en résulter tomberont à votre responsabilité.

Contresigné au secrétariat de l'ambassade, le 27 mars 1808.

Décret traduit de l'hollandais.

NAPOLÉON, par la grâce de Dieu et par les constitutions, Empereur des Français, Roi d'Italie, Protecteur de la Confédération du Rhin ;

Considérant que le Souverain temporel de Rome a constamment refusé de déclarer la guerre aux Anglais, et de coopérer avec les rois d'Italie et de Naples, à la défense de la presqu'île d'Italie ; que les intérêts des deux royaumes et des deux armées d'Italie et de Naples exigent que leur communication ne soit pas interrompue par une puissance ennemie ; que la donation des pays qui composent l'État ecclésiastique, a été faite par notre auguste prédécesseur Charlemagne au profit de la chrétienté, mais non pas à l'avantage des ennemis de notre sainte religion ; vu la demande des passeports faite par l'ambassadeur de la cour de Rome, le 8 mars, avons décrété et décrétons ce qui suit :

1º. Les provinces Urbino, Ancône, Macerata et Camerino, seront irrévocablement et pour toujours incorporées au royaume d'Italie ;

2º. On prendra formellement possession desdits pays, le 11 mai, et les armoiries du royaume y seront attachées ;

3º. En même temps sera publié le Code Napoléon, qui aura son effet après le 1er. juin ;

4º. Les quatre provinces ainsi incorporées composeront trois départemens, qui, tant pour l'administration que pour la justice, seront organisés conformément aux lois de l'empire ;

5º. Il sera placé à Ancône un tribunal d'appel et de commerce, à Sinigaglia seulement un tribunal de commerce, et où il y aura lieu, des tribunaux de 1re. instance, et de paix ;

6°. Ces trois départemens feront une division militaire, dont le chef-lieu sera Ancône ;

7°. Nous donnons au Vice-Roi d'Italie, notre cher fils, plein pouvoir pour l'exécution du présent décret.

Donné en notre palais impérial, à St.-Cloud, le 2 avril 1808.

————

2e. *Décret, traduit de l'hollandais.*

Napoléon , etc.

Nous ordonnons ce qui suit :

1°. Les Cardinaux, Prélats et tous employés quelconques près de la Cour de Rome, qui sont nés dans ce royaume, doivent, dès à présent jusqu'au 25 mai, rentrer dans le royaume, sous peine de la confiscation de leurs biens en cas de désobéissance ;

2°. Les biens de ceux qui au 5 juin n'auront pas obéi, seront confisqués ;

3°. Les Ministres de notre royaume d'Italie sont, chacun en ce qui les concerne, chargés de l'exécution de ce décret, qui sera inséré au Bulletin des lois.

Donné en notre camp, etc., le 2 avril 1808.

Note de S. Ex. Mgr. de Champagny, à Son Em. Monseigneur le Cardinal Caprara.

Le soussigné Ministre des relations extérieures de S. M. l'Empereur des Français, Roi d'Italie, a mis sous les yeux de S. M. la note de S. Em. Monseigneur le cardinal Caprara, et il a été chargé d'y faire les réponses suivantes :

L'Empereur ne saurait reconnaître le principe que les prélats ne sont pas les sujets du Souverain sous la domination duquel ils sont nés.

Quant à la deuxième question, la proposition, dont l'Empereur ne se départira pas, est que toute l'Italie, Rome, Naples, Milan fassent une ligue offensive et défensive, afin d'éloigner de la presqu'île le désordre et la guerre.

Si le S. P. adhère à cette proposition, tout

est terminé; s'il s'y refuse, il annonce par cette détermination qu'il ne veut aucun arrangement, aucune paix avec l'Empereur, et qu'il lui déclare la guerre.

Le 1er. résultat de la guerre est la conquête, et le 1er. résultat de la conquête est le changement du Gouvernement; car si l'Empereur est forcé d'être en guerre avec Rome, ne l'est-il pas aussi d'en faire la conquête, d'en changer le Gouvernement, d'en établir un autre, qui fasse cause commune avec les royaumes d'Italie et de Naples contre les ennemis communs?

Quelle autre garantie aurait-il de la tranquillité et de la sureté de l'Italie, quand les deux royaumes seraient séparés par état, où leurs ennemis continueront de compter sur un accueil assuré ?

Ces changemens, devenus nécessaires, si le S. P. persiste dans ses refus, ne lui feront rien perdre de ses droits spirituels; il continuera d'être Evêque de Rome, comme l'ont été ses prédécesseurs pendant les huit premiers siècles, et sous Charlemagne. Cependant ce sera pour S. M. un sujet de douleur de voir l'imprudence, l'obstination, l'aveuglement, détruire l'ouvrage du génie, de la politique et des lumières.

Au moment même où le soussigné recevait l'ordre de faire cette réponse à Monseigneur le Cardinal Caprara, il recevait la note que S. Em. lui a fait l'honneur de lui adresser le 30 mars.

Cette note a deux objets : le premier, d'annoncer la cessation des pouvoirs du Légat du Saint-Siége, de le notifier contre l'usage et les formes ordinaires, et à la veille de la Semaine-Sainte, temps où la Cour de Rome, si elle était encore animée d'un véritable esprit évangélique, croirait devoir multiplier les secours spirituels, et prêcher par son exemple l'union entre tous les fidèles.

Quoi qu'il en soit, le S.P. ayant retiré ses pouvoirs à Son Eminence, l'Empereur ne le reconnaît plus comme Légat; l'Eglise gallicane rentre dans toute l'intégrité de la doctrine; ses lumières, sa piété continueront de conserver en France la religion catholique, que l'Empereur mettra toujours sa gloire à faire respecter et à défendre.

Le second objet de la note de S. Em. Monseigneur le Cardinal Caprara est de demander ses passeports comme ambassadeur. Le soussigné a l'honneur de les lui adresser.

Sa Majesté voit avec regret cette demande formelle de passeports, dont l'usage de nos temps modernes a fait une véritable déclaration de guerre.

Rome est donc en guerre avec la France, et dans cet état de choses, S. M. a dû donner des ordres que la tranquillité de l'Italie rendait nécessaires. Le parti qu'a pris la Cour de Rome de choisir pour cette rupture un temps où elle pouvait croire ses armes plus puissantes, peut faire prévoir de sa part d'autres extrémités ; mais les lumières du siècle en arrêteront les effets. Le temporel et le spirituel ne sont plus confondus ; la dignité royale, consacrée par Dieu même, est au-dessus de toute atteinte.

Le soussigné désire que les observations qu'il a reçu ordre de transmettre à S. Em. Monseigneur le cardinal Caprara, puissent déterminer le Saint-Siége à accéder aux propositions de S. M.; il a l'honneur de renouveler à S. Em. les assurances de la plus haute considération.

Paris, le 3 avril 1808.

Notification à tous les Ministres des Cours étrangères résidant à Rome.

Aujourd'hui, environ à 6 heures du matin, un détachement français s'est présenté à la grande porte du palais de S. S.; le suisse de garde a fait entendre à l'officier du détachement qu'il ne pouvait pas permettre l'entrée à des gens armés, mais qu'il ne la lui refusait pas maintenant, s'il voulait entrer seul. L'officier français s'en est montré content, en apparence, et il a ordonné aux troupes de faire halte, lesquelles se sont éloignées de peu de pas. Alors le suisse a ouvert la petite porte, et il a permis à l'officier d'entrer; pendant qu'il entrait, il a fait signal aux troupes, lesquelles se sont jetées sur le suisse, en mettant la baïonnette sur sa poitrine.

Entré par une telle fourberie et par une telle violence, il s'est rendu au local de la garde, destinée à la milice du Capitole, dans l'intérieur du palais; il a brisé la porte par force, et il s'est emparé des carabines dont on se servait pour monter la garde dans une des antichambres de S. S.

Autant en est arrivé au quartier-général des garde-nobles du S. P. : les troupes françaises ayant dépouillé encore celles-ci des carabines dont elles ne se servaient que pour monter la garde dans les antichambres proches de la chambre de S. S.

Un officier français s'est rendu chez le capitaine des Suisses, en lui intimant et au peu de ses hommes assemblés, que dès ce jour la garde suisse dépendrait des ordres d'un général français; à quoi elle s'est refusée.

Une même intimation a été faite au commandant de la garde sédentaire destinée aux finances, qui s'y est aussi refusée, et qui a été ensuite menée au château, pendant que divers détachemens roulaient parmi la ville, en arrivant et conduisant au château les garde-nobles, y compris leur commandant.

Le S. P., instruit de ces griefs attentats, au milieu de la douleur dont son cœur est accablé, a ordonné expressément au cardinal Gabrielli, pro-secrétaire d'Etat, de réclamer hautement contre, et de dire franchement à Votre Seigneurie Illustrissime, que chaque jour on va combler davantage la mesure des outrages que l'on fait à sa personne sacrée, et que chaque jour l'on foule davantage aux pieds ses droits souverains. Ne suffisant pas aux troupes françaises d'avoir signalé leur entrée en posant les canons vis-à-vis de son palais, et de violer ainsi indignement sa résidence, elles ont voulu pousser plus avant la violation, en forçant la garde suisse, en entrant à main armée dans l'habitation paisible du Souverain Pontife, en brisant violemment la porte, en s'emparant du très-peu d'armes destinées plutôt à la décence qu'à la défense de sa personne sacrée, en arrêtant les gardes mêmes de son corps, et ainsi en le dépouillant à la fin de toutes sortes de gardes, même d'honneur.

S. S. demande, en 1er. lieu, la prompte délivrance de tous les individus emprisonnés au château, sans aucune raison et contre tout droit, et elle déclare ensuite solennellement qu'elle n'a opposé et qu'elle n'opposera à ses outrages que la patience, et à la dureté de tels traitemens, la mansuétude à lui enseignée par son divin Maître; et devenu, dans son injuste et longue prison, un spectacle au monde, aux Anges et aux hommes, elle attend avec une sainte résignation, accompagnée toujours de la fermeté inaltérable de ses principes, tout ce que la force voudra entreprendre contre le Chef de la religion catholique; elle est assurée que les humiliations qu'elle souffre tourneront à la gloire de la religion même.

A Rome, le 7 avril 1806.

Etait signé G. Card. Gabrielli,

Notification à tous les Ministres étrangers à Rome, traduite de l'italien.

Des Chambres du Quirinal, 12 avril 1808.

S. S. voyant, avec la plus grande surprise et avec un regret pareil, ses troupes incorporées, par la force, aux troupes françaises, et punis ceux qui, avec tant de louanges, étaient demeurés fidèles à leur propre Souverain, pensa de faire prendre une nouvelle cocarde par les gardes de son corps, et par le peu de milices du Capitole et des finances, qui n'avaient point encore été incorporées et soumises au commandant français.

L'objet que S. S. s'était proposé dans le changement de cette cocarde, fut celui de rendre public son dissentiment à l'incorporation violente exécutée, de faire connaître sa volonté constante de se maintenir dans l'état neutre, et de ne vouloir avoir pour cela aucune part dans les opérations des troupes incorporées, qu'il ne reconnaissait plus pour les siennes.

Cet objet fut, par ordre de S. S., de déclarer à Votre Seigneurie Illustrissime, et à tout le corps diplomatique, auquel fut aussi transmis, selon les règles, l'échantillon de la nouvelle cocarde.

Après une aussi prompte et aussi franche déclaration, S. S. n'aurait jamais pu s'imaginer qu'on allât calomnier ses pures intentions, et qu'on voulût accréditer dans le public, que la nouvelle cocarde était un signal d'union contre les armées françaises, comme il paraît de l'ordre du jour que l'on a publié hier, imprimé, affiché à tous les coins des rues de Rome et dans les provinces.

Le S. P. veut croire que de telles fausses

représentations, faites à S. M. l'Empereur et Roi Napoléon, ont été la cause de tel ordre. En effet, si le véritable objet conçu par le S. P. dans le changement de telle cocarde, eût été encore connu à S. M., et si elle avait encore connu que le commandant militaire français l'avait fait prendre par les troupes déjà incorporées, elle ne l'aurait sûrement pas caractérisée comme un signal d'union contre les armées françaises, aussitôt qu'elle avait été prise par les mêmes troupes qui faisaient partie des armées françaises.

Quoique le S. P. soit sûr que le peuple de Rome et le monde entier rendent justice à sa pure et loyale conduite, et quoiqu'il soit également sûr que personne ne soupçonnera que le Ministre du Dieu de paix puisse nourrir dans son cœur paternel un vil et mauvais dessein de machination et de sang, nonobstant cela, les couleurs abominables par lesquelles on a essayé de peindre à S. M. un fait aussi pur que l'innocence même, ont percé si vivement son cœur, qu'il a ordonné au cardinal Gabrielli, pro-secrétaire d'Etat, de faire à Votre Seigneurie Illustrissime les plus hautes plaintes, et d'engager votre bonne foi à faire con-

maître à S. M. , sous le vrai aspect, le changement survenu de la cocarde.

Le S. P. , toujours égal à lui-même, proteste formellement que les ordres du jour
publiés et affichés , sont extrêmement injurieux à son caractère, à sa dignité et à ses
droits de Souverain ; que, maître, comme
l'est chaque prince , de faire prendre par
ceux qui le servent l'enseigne qui lui plaît
le plus, il a préféré une nouvelle cocarde,
pour montrer à tout le monde, par le fait ,
qu'il ne reconnaissait plus pour sienne celle
que portaient les troupes incorporées, et
soumises au commandant militaire français ;
et enfin , que, sans l'ombre même d'une
faute légère , mais pour le mérite d'avoir
exécuté la volonté de leur Souverain, l'on
fait souffrir aux individus de ses garde-nobles et à quelques officiers les peines de la
détention au château.

L'innocence soulève les cris en leur faveur, et réclame la liberté que le S. P. a
réclamée, quoique sans effet, jusqu'ici, et
qu'il réclame derechef. Le soussigné, après
avoir exécuté fidèlement l'ordre donné par
S. S., a l'honneur de renouveler à Votre

Seigneurie Illustrissime les sentimens de sa sincère considération.

G. Card. GABRIELLI.

TRADUCTION.

A M. Lefebvre, chargé d'affaires de S. M. l'Empereur des Français.

Après que Votre Seigneurie Illustrissime a fait connaître au S. P. que la volonté décidée de S. M. était qu'il entrât dans une ligue offensive et défensive avec les princes d'Italie et de Naples, comme il a été déclaré par S. Exc. Monseigneur de Champagny à Monseigneur le cardinal Caprara, par une note du 3 du courant, l'on a reçu les dépêches de ce cardinal, lequel a transmis la note originale dudit Ministre.

Le S. P., après l'avoir lue et examinée attentivement, a ordonné au cardinal Gabrielli de manifester à Votre Seigneurie Illustrissime les sentimens sur les articles de celle-ci, en commençant par celui qui forme la base des autres. S. S. a dû voir avec peine que la dernière proposition qu'on lui a faite, de la ligue offensive et défensive, est encore accompagnée de menaces d'être dépouillé de son autorité souveraine temporelle, aussitôt qu'il n'y adhérera pas.

Si les considérations humaines étaient le mobile directeur de la conduite du S. P., il aurait cédé, dès le commencement, aux vouloirs de S. M., et il ne se serait pas exposé à souffrir tant de calamités; mais le S. P. n'a pas d'autre guide que la considération de ses propres devoirs et de sa propre conscience. Comme les uns et les autres l'ont empêché de consentir à la confédération, ainsi ils l'empêchent de consentir à la ligue offensive et défensive ; si de sa nature elle diffère de nom, elle n'excepte cependant aucun prince, dont le Pape, selon les circonstances du temps, ne puisse devenir ennemi.

Ainsi, S. S. trouve que cet article, au lieu d'améliorer la condition, la rend pire : l'on proposait dans les articles présentés à M. le cardinal Bayane, la confédération contre les Infidèles et les Anglais seuls.

Dans le présent article, on parle en termes généraux, et si l'on n'indique aucun peuple comme ennemi, l'on n'exclut cependant pas le cas de pouvoir le devenir de quelque gouvernement et de quelque nation que ce soit ; si donc S. S. jugea ne pouvoir se prêter en conscience à la confédération, elle ne le pourra non plus à cette ligue.

Le S. P. ne devrait pas seulement s'engager par cette ligue à une simple et pure défense, mais encore à une agression. Le Ministre du Dieu de paix se verrait alors dans un état permanent de guerre ; le père commun se verrait obligé de se soulever contre ses fils, et le Chef de la religion s'exposerait, par son propre fait, à voir rompre ses rapports spirituels avec les catholiques des puissances contre lesquelles il serait engagé par la ligue offensive.

Et comment pourrait S. S. manquer à son propre caractère, et sacrifier ses obligations essentielles, sans se rendre coupable devant Dieu des malheurs qui en résulteraient pour la religion ?

Le S. P., comme on l'a démontré plusieurs fois, étant revêtu d'un double caractère distingué des autres princes, c'est-à-dire, de celui de Souverain Pontife et de Souverain temporel, ne peut, en vertu de cette seconde représentation, prendre des engagemens dont le résultat s'oppose à sa qualité principale et primaire, et qui soit préjudiciable à la religion, dont il est le chef, le propagateur et le défenseur.

Le S. P. ne peut donc pas entrer dans une ligue offensive et défensive qui l'entraîne, par un système stable et progressif, à l'inimitié avec toutes les puissances auxquelles S. M. croira devoir faire la guerre, puisque les gouvernemens souverains d'Italie qui dépendent actuellement de S. M., ne pourront jamais se dispenser d'y prendre part; par conséquent, en vertu de la ligue, S. S. serait obligée d'y prendre part aussi : cet engagement du S. P. devrait commencer dès à présent, et commencer contre un Etat catholique (le Portugal), en lui faisant la guerre sans aucun motif.

Il devrait aussi la faire ensuite aux puissances catholiques qui seraient ennemies, pour raison quelconque, de quelque prince d'Italie; et voilà le Chef de l'Eglise, accoutumé à gouverner ses Etats paisiblement, obligé, en un instant, à s'armer et devenir guerrier, pour offenser les ennemis d'autrui, et pour défendre les Etats d'autrui. Cet engagement est trop opposé aux devoirs sacrés de S. S., et trop préjudiciable aux intérêts de la religion, pour que son Chef puisse le prendre.

Puis, S. S. trouve totalement éloigné de la vérité, qu'en se refusant d'entrer dans une ligue offensive et défensive, elle annonce, par cette résolution, qu'elle ne veut avoir aucun arrangement, aucune paix avec l'Empereur, et qu'elle lui déclare la guerre. Comment peut-on jamais penser que le S. P. soit capable de nourrir cette idée, dès que, pour ne pas se mettre dans un état de guerre contre quelque puissance, il souffre depuis tant de temps les traitemens les plus hostiles, et qu'il est à la fin préparé à souffrir la perte de ses domaines temporels, dont on l'a menacé! Dieu est témoin des pures intentions du S. P., et le monde jugera s'il a pu concevoir un aussi étrange dessein. Animé par le vif désir précisément de s'arranger et d'être en paix avec S. M., le S. P. manifesta, dans la note du 26 janvier dernier, son accession à tout ce qu'il pouvait.

S. M. cependant n'étant pas satisfaite de toutes les condescendances possibles au caractère du S. P., persiste inflexiblement, en exigeant de lui ce qu'il ne peut pas, quand même il le voudrait, c'est-à-dire, de s'engager à la guerre, et à une guerre permanente et agressive, sous prétexte d'assurer la tranquillité de l'Italie. Que peut jamais craindre l'Italie, si le S. P. n'entre pas dans la ligue proposée ? Les domaines pontificaux étant entourés de ceux de S. M., elle ne pourrait raisonnablement craindre que des ports de mer; mais S. S. s'étant offerte de les fermer, pendant cette guerre, aux ennemis de la France, et de garnir les places maritimes pour empêcher tout débarquement, elle s'est offerte de concourir de sa part à la sureté et à la tranquillité de l'Italie autant qu'elle le peut, et sans trahir ses devoirs sacrés.

Si, malgré cela, S. M. veut se saisir, comme elle en a menacé, des Etats pontificaux respectés par tous les puissans monarques dans l'espace de dix siècles et plus, et si elle veut renverser ce Gouvernement, le S. P. ne pourra empêcher cette spoliation, mais pleurer seulement, dans l'amertume de son cœur, le mal dont se chargera S. M. devant Dieu, dans la protection duquel mettant sa confiance, le S. P. sera parfaitement tranquille, sachant en lui-même qu'il n'a pas attiré ce désastre par l'imprudence, par l'obstination et par l'aveuglement, mais pour conserver l'indépendance et la souveraineté qu'il doit transmettre en son intégrité à ses successeurs, comme il l'a reçue, et pour tenir fermement la conduite qui l'assure d'une bonne intelligence universelle avec tous les princes, nécessaire pour le bien de la religion; et pour être fidèle à ses devoirs sacrés, il se confortera par ces paroles du divin Maitre : *Bienheureux ceux qui souffrent persécution pour la justice!*

Quant aux articles concernant la déportation des cardinaux, S. S., dans les plaintes avancées, n'a pas eu besoin d'examiner le principe de leur sujétion; et, faisant abstraction de cette nouvelle sujétion que l'on acquiert par le domicile de beaucoup d'années, S. S. fait observer que la sujétion originaire ne peut pas prévaloir aux engagemens sacrés que les cardinaux prennent avec l'Eglise de Dieu, au serment qu'ils font en recevant la pourpre, et à la qualité éminente de consultans du Souverain Pontife dans les affaires spirituelles; c'est pourquoi ils ne peuvent pas être arrachés de son sein.

Quant à la cessation des pouvoirs du lé-

gat et de son départ, S. S. pouvait s'attendre
à toute autre chose qu'à s'apercevoir qu'on
l'attribue aux motifs exprimés dans la note de
Msr. de Champagny. Le S. P. l'a répété encore
une fois, qu'après avoir tenté toutes les
voies pour rappeler S. M. aux premiers sentimens envers le Saint-Siége, et concerter le
remède, si désiré, de tant d'innovations concernant la religion; après avoir souffert depuis tant de temps, avec une patience invin-
cible et une mansuétude inaltérable, tant
d'outrages et d'offenses; après avoir vu, sans
aucun fruit, toutes les réclamations avancées
contre les procédés hostiles des troupes françaises, et après avoir supporté en paix les
humiliations de sa prison, voyant à toute
heure du jour se multiplier les mépris, les
violations et les insultes, il a dû, non sans
une douleur extrême, procéder au rappel
de son légat, pour dissiper, au moins à la
face du monde entier, la fausse et scanda-
leuse opinion de son consentement tacite
à ce qui lui arrivait de plus injurieux.

Dans ce rappel même, dont S. S. n'avait
pu fixer le temps précis, elle a montré cons-
tamm..t es égards affectueux qu'elle con-
serve pour S. M., ayant posé en ses mains

ou ayant fait dépendre entièrement de sa volonté le départ du représentant pontifical; il suffisait que S. M. eût adhéré à la juste demande de l'évacuation de Rome, et qu'elle se fût contentée des condescendances compatibles avec les devoirs du S. P., pour que le légat, suivant les ordres reçus, eût continué l'exercice de ses fonctions. Mais S. M. s'est montrée inflexible, et au lieu de se désister d'un seul point, elle a exigé que la légation cèssât plutôt, et que le départ du représentant pontifical suivît. Ce n'est donc pas S. S. qui, par le rappel hypothétique de son légat, déclare la guerre à l'Empereur; mais c'est l'Empereur qui veut déclarer la guerre à Sa Sainteté, et qui, non content de la déclarer à son autorité temporelle, menace de faire dans le spirituel une mer de divisions entre les catholiques de France et le Souverain Pontife, ayant annoncé dans la note de Monseigneur de Champagny, que par la révocation du pouvoir de M. le cardinal légat, l'Eglise gallicane rentre dans toute l'intégrité de sa doctrine.

S. S. a trop bonne opinion de l'illustre clérgé de France, pour douter que l'Eglise gallicane, si jalouse de ses prérogatives, si attachée à la chaire de Saint-Pierre (1), saura se maintenir ferme dans les vrais principes, sans s'attribuer des droits qu'elle n'a pas et qu'elle ne peut avoir, et ne voudra pas devenir schismatique, en se séparant du centre de l'unité catholique.

Ce n'est donc pas le S. P., il faut le répéter, ce n'est pas le S. P. qui veut la rupture; prince désarmé et paisible, malgré qu'il se soit vu dépouillé, contre tout droit des gens, malgré les dépenses inouies qu'il a dû supporter pour entretenir les armées françaises, malgré l'occupation de sa capitale, malgré la violation de sa résidence, l'usurpation de presque tous les droits souverains, malgré la déportation de tant d'illustres individus composant son Sacré Collége, et malgré tant d'autres attentats par lesquels on a méprisé sa dignité, S. S. n'a fait autre chose que de commander à son peuple le respect pour l'armée française à

____

(1) Personne n'ignore qu'elle a donné des témoignages tout particuliers et très-multipliés de cet attachement à la chaire de Saint-Pierre, à la fin du 18e. siècle.

son entrée à Rome ; *elle n'a fait autre chose et ne fait que pleurer entre le vestibule et l'autel* (1), priant le Seigneur d'avoir pitié de son peuple ; et que, changeant en meilleurs conseils la puissance de l'Empereur Napoléon, il ne permette pas que l'hérédité du Siége romain, donnée par la Providence au Chef de la religion catholique, pour son plus libre exercice, soit perdue et déchirée : voilà comme S. S. déclare la guerre ; voilà comme elle s'est comportée avec S. M. jusqu'ici. Quoique le résultat ne soit que douloureux et malheureux, S. S. ne veut pas pour cela perdre l'espérance que S. M., rejetant les suggestions des ennemis du S. P., qui se sont servis de toute espèce de ruses pour changer son cœur, voudra retourner à la première correspondance amiable, et se contenter des conventions qui sont exprimées dans la note du 28 janvier.

Que si, par les desseins cachés de Dieu, cela n'arrivait pas, et que S. M., sans consulter sa gloire, sans écouter la justice, voulait consommer ses menaces et se rendre maître des Etats de l'Eglise à titre de con-

____

(1) Joel, II. 17.

quête, et renverser le Gouvernement comme un résultat de cette conquête, S. S. ne pourra remédier à ces événemens funestes, mais déclarer solennellement que le premier ne sera pas une conquête, S. S. étant en paix avec tout le monde, *mais qu'il sera l'usurpation la plus violente qu'on ait jamais vue;* et le second ne sera pas un résultat de la conquête, mais bien de l'usurpation même; et elle déclare en même temps qu'il ne sera pas l'ouvrage du génie de la politique et des lumières qu'on verra renversées, mais l'œuvre de Dieu même, dont dérive toute souveraineté, et encore plus celle donnée au Chef de la religion pour son plus grand bien.

S. S., adorant profondément, dans de pareilles circonstances, les décrets du Ciel, se consolera par la pensée que Dieu est le maître absolu de tout, *et que toute chose cède à sa divine volonté, quand la plénitude des temps fixés par lui arrive.*

C'est la réponse décidée que le S. P. a ordonné au soussigné de donner à la note de Monseigneur de Champagny, et de la communiquer à Votre Seigneurie Illustrissime; et en exécutant ses ordres souverains, il lui renouvelle les protestations de sa sincère considération.

Des Chambres du Vatican, le 19 avril 1808.

Etait signé G. C. GABRIELLI.

Pièces traduites de l'italien.

Des Chambres du Quirinal, le 19 mai 1808.

LES douloureuses nouvelles de l'exécution de la réunion des quatre provinces d'Urbino, Macerata, Ancono et Camerina, au royaume d'Italie, étant parvenues à S.S., elle a, dans la dureté de cet événement, dont son cœur est extrêmement affligé, ordonné au cardinal Gabrielli, pro-secrétaire d'Etat, de faire parvenir à V. A. une déclaration franche de ses sentimens.

Le S. P. a vu avec une peine inexprimable que l'évidence des motifs exprimés dans la note du 19 avril, remise au chargé d'affaires, M. Lefebvre, n'a point empêché S. M. d'exécuter ses menaces ; il a vu également que le puissant monarque dans les mains duquel il a placé au pied des autels le sceptre et la main (verge de justice), va si loin, que, contre tout droit, il lui fait subir un nouvel envahissement de la plus belle partie des états qui lui étaient restés.

Mais combien grand ne fut pas l'étonnement de S. S. à la vue d'un décret donné un jour avant la note de Monseigneur de Champagny, par lequel, avant que les propositions de ce ministre eussent été examinées, et qu'on y eût fait réponse, le sort des quatre provinces envahies était déjà fixé !

L'étonnement de S.S. augmenta en voyant qu'on apportait, comme un juste sujet de cette poliation, *qu'elle avait constamment refusé de faire la guerre aux Anglais, et de se réunir aux rois de Naples et d'Italie.*

Le S. P. n'avait point cessé de témoigner que la sainteté de son caractère de ministre de paix, et de serviteur d'un Dieu de paix, dont il occupe la place sur la terre, par la qualité de Chef de la religion, de Pasteur universel et de Père de tous les fidèles, que les saintes lois de la justice (qu'en qualité de représentant de Dieu, duquel elle procède, elle devait conserver et défendre), ne lui permettaient pas d'entrer dans un état permanent de guerre, et moins encore de la déclarer au gouvernement anglais sans aucun motif.

Déjà S. S. avait supplié S. M. de considérer que n'ayant pu et ne pouvant avoir d'ennemis en sa qualité de Vicaire de J. C., qui était venu au monde pour ôter et non pour allumer les hostilités, elle ne pouvait s'engager à la guerre pour toujours, ni elle, ni ses successeurs, suivant la volonté de l'Empereur, pour des intérêts étrangers.

Le S. P. avait démontré le dommage incalculable que la religion aurait à souffrir, s'il entrait dans le systême d'une alliance qui devait toujours durer, et que, sans entacher son honneur, sans attirer sur lui une haine universelle, et sans trahir ses propres devoirs et sa conscience, il ne pouvait s'exposer à devenir, par l'alliance proposée, l'ennemi de l'un ou de l'autre Souverain, peut-être même catholique, et d'être obligé de lui faire la guerre : mais tous ces témoignages et toutes ces raisons si souvent soumises à S. M. avec une tendresse paternelle, n'ont point été écoutées.

De plus, on a entrepris de justifier cette spoliation, en donnant pour motif, que *l'in-*

térêt des deux royaumes et des deux ar-
mées d'Italie et de Naples, exigeait que leur
communication ne serait point interrompue par
une force ennemie.

Comme l'on entend par ceci l'Angleterre, l'histoire de deux siècles fera justice de ce faux prétexte. Les monarques catholiques d'Espagne et de la maison d'Autriche, depuis Charles V jusqu'à Charles XI inclusivement, ont occupé le royaume de Naples et le duché de Milan, qui forment maintenant la principale partie du royaume d'Italie, et n'ont jamais vu leurs intérêts en danger, ni trouvé l'empêchement prétendu pour la communication des armées ; ils étaient souvent en guerre avec la Grande-Bretagne, et même souvent avec les Francs.

Cependant ils ne craignaient pas le débarquement sur le territoire intermédiaire du Pape, et entreprenaient encore moins de forcer les Souverains Pontifes de ce temps à s'allier ou à faire cause commune avec eux, sous menaces de les dépouiller de leurs possessions. Mais l'histoire mise à part, quels dangers pouvaient courir les intérêts de ces deux états si près l'un de l'autre ? La neutralité du S. P., qui était respectée par toutes les puissances, et les mesures qu'on avait prises pour qu'elle ne fût point violée, et pour mieux couvrir encore ces intérêts et ôter tous prétextes, eussent été plus que suffisantes pour mettre tous les intérêts en sureté. Le S. P. avait même étendu sa condescendance jusqu'au dernier point qui lui était permis de le faire, et il avait offert le premier de fermer ses ports aux Anglais pendant la présente guerre, et de défendre les frontières de ses Etats, par ses troupes, contre toute agression hostile.

Mais quelle agression pouvaient craindre ces deux royaumes qui sont liés à l'Etat ecclésiastique, tandis que l'armée française, ayant violé depuis si long-temps, et avec si grand préjudice d'intérêts particuliers et publics, la neutralité de ses Etats, occupait ses forteresses et couvrait ses frontières?

Que si, par force ennemie, on entend la personne du S. P., son caractère doux et pacifique le garantit contre ces injustes inculpations : le S. P. réclame les témoignages de l'empire français et du royaume d'Italie, en faveur desquels il a signé *les deux concordats, dont l'infraction a été un sujet continuel de tristesse pour son cœur, ayant tou-*

jours, mais inutilement, insisté sur leur fidèle et entier accomplissement.

Il réclame, à cet égard, le témoignage de l'Europe entière, qui l'a vu, dans un âge avancé, abandonner sa capitale dans la plus rigoureuse saison de l'année, franchir les Alpes et se rendre à Paris, non sans exciter l'envie et le mécontentement des autres grandes puissances, pour sacrer S. M. et le couronner Empereur et Roi; il réclame le témoignage de toute l'armée française, depuis le premier officier jusqu'au dernier soldat, qui, soit à leur passage, soit dans leur séjour sur le territoire du Pape, ont éprouvé l'accueil le plus aimable et l'hospitalité la plus généreuse; accueil et hospitalité qui ont coûté des larmes amères au S. P. sensiblement affligé, à cause des charges dont il a dû nécessairement grever ses sujets pour entretenir et solder les armées françaises; enfin, il réclame le témoignage de S. M. elle-même, à qui il n'a laissé échapper aucune occasion de donner des marques de sa haute considération.

Mais si les deux premiers prétextes employés pour justifier cette usurpation, ont été un sujet de surprise pour S. S., l'expression du troisième motif l'a étonné d'une ma-

nière inexprimable : on s'y fonde sur la déclaration de Charlemagne, et on remarque
qu'elle a eu lieu pour l'avantage du christia-
nisme, et non à l'avantage des ennemis de la
sainte religion.

Il est assez connu que le grand et illustre
monarque, dont la mémoire sera éternelle-
ment une bénédiction dans l'Eglise, ne donna
pas au Saint-Siége les provinces envahies aujourd'hui ; il est connu qu'elles ont été possé-
dées par les Souverains Pontifes romains, depuis une date beaucoup plus ancienne, et
par une donation volontaire des peuples
qui avaient été abandonnés par les Empereurs d'Orient ; qu'ensuite, ayant été con-
quises par les armes des Lombards, Pepin,
l'illustre et courageux père de Charlemagne,
les arracha de leurs mains, et les rendit, avec
un acte de donation, au Pape Etienne ; que
cet Empereur, qui fut l'admiration du hui-
tième siècle, loin de vouloir révoquer cet
acte courageux et généreux de son père
Pepin, l'a approuvé et confirmé sous le Pape
Adrien, et que, loin de vouloir dépouiller le
Saint-Siége de ses possessions, il n'eut d'autre
soin que de les défendre et de les augmenter ;
de sorte qu'il prit, à cette fin, la résolution

d'enjoindre, par son testament, à ses trois fils, de la manière la plus expresse, de les défendre par leurs armes ; qu'il ne laissa à ses successeurs aucune espèce de droit pour révoquer ce que lui et Pepin avaient fait pour l'avantage du Saint-Siége, pendant que sa seule volonté était de défendre les Souverains Pontifes contre leurs ennemis, et non de les forcer à s'en faire de nouveaux ; que dix siècles écoulés depuis Charlemagne, que mille ans d'une paisible possession rendent inutiles toutes les recherches et explications ultérieures, quoique même ce prince pieux, au lieu de rendre ou de donner d'une manière illimitée, eût rendu ou donné ses possessions au profit de la chrétienté, dans la seule intention du bien-être de la chrétienté, et, pour parler juste, au profit de la religion catholique.

Que le Saint-Père veut la paix avec tous, qu'il ne veut exciter le ressentiment d'aucune puissance, et ne veut s'ingérer dans aucun différend politique, vu qu'on a fait tant de bruit contre les Papes, qui, quoique pour des raisons très-justes, ont pris part à la guerre ; mais que le S. P. ne voit pas comment on puisse lui imputer à crime, que,

sans y être intéressé, et seulement sur la volonté d'autrui, il refuse de déployer un caractère guerrier, au préjudice de la religion
et de ses sujets.

S. S. ne sait se dissimuler l'injure qu'on
lui fait par le décret précité, par lequel, en
alléguant que le don de Charlemagne n'a
pas été fait au profit des ennemis de la religion, on semble vouloir l'accuser d'en
trahir les intérêts.

Cette dénonciation a profondément pénétré l'ame du S. P., qui, par ce motif,
souffre depuis trois ans une persécution
qu'il supporte pour l'unique avantage de la
réunion, et pour être fidèle aux devoirs de
son apostolat; il la supporte, parce qu'il n'a
pas voulu se rendre à un système de guerre
perpétuelle; parce que, de son propre mou-
vement, il n'a pas voulu apporter empêchement au libre exercice de la religion catholique; il la souffre, parce qu'il n'a pu
consentir aux principes à lui proposés positivement et à diverses reprises; que si le
S. P. est Souverain de Rome, du moins
S. M. en est l'Empereur; que le S. P. doit
lui être soumis quant au temporel, comme
lui doit être soumis au Pape quant au spi-

rituel; que l'Etat ecclésiastique appartient à l'Empire français et en fait partie; que, par une prérogative de sa couronne, le Pape, dès aujourd'hui et pour toujours, doit faire cause commune avec lui et ses successeurs; que dès à présent il doit regarder les ennemis de la France comme les siens, et que par conséquent il doit entrer dans l'alliance du même Empire. Les sermens solennels faits par le S. P., de conserver sa liberté et son indépendance, si nécessaire au bien-être de la religion, et pour la liberté de la suprême autorité spirituelle, l'ont formellement empêché d'embrasser ces principes corrompus et désastreux.

Il supporte cette persécution, parce qu'il n'a pu consentir à la demande de S. M., de choisir toujours assez de cardinaux français, pour qu'ils formassent le tiers du Sacré Collége, parce que cette mesure renverserait le fondement de cette institution, attaquerait l'indépendance de son pouvoir spirituel, et ouvrirait de nouveau la voie aux contre-temps mortels que l'Eglise déplore encore si amèrement.

Enfin, il la souffre, parce qu'il n'a pas voulu consentir à une alliance offensive et défensive, afin de ne point se montrer comme guerrier et agresseur, au détriment visible de la religion; et cela s'appelle en trahir les saints intérêts! que Dieu, l'Église, le monde et la postérité en décident!

Le S. P. est convaincu qu'il n'a jamais fait tort à S. M., ni à la France; mais supposé même qu'on eût quelque sujet de se plaindre de sa personne, on ne devait ni ne pouvait pour cela punir en lui l'Église de Rome, par une privation perpétuelle et irrévocable de ses biens, qu'on déclare dans ce décret avoir été donnés pour l'avantage de la chrétienté : c'est l'Église qui les possède en propriété, et non le Pape, qui n'en est que l'intendant et le conservateur. Cette Église, dont le soin spirituel s'étend à toutes les autres, fut, dès les premiers jours de la paix de Constantin, enrichie par la piété des monarques et des peuples, par une suite merveilleuse des dispositions de la Providence. Premièrement, par un patrimoine étendu, et ensuite par des Etats, afin de pouvoir soutenir avec plus de liberté et avec plus de fruit sa juridiction spirituelle, cette Église enfin qu'on veut rabaisser, et troubler dans l'exercice de son pouvoir divin.

S. S. ne sait assez déplorer l'enchantement dont on a ébloui S. M. , puisque dans les actes qui enlèvent au Saint-Siége une partie de ses domaines, et par lesquels on déclare les occuper, afin qu'ils ne soient pas employés au profit des ennemis de la religion catholique, on ordonne qu'on y publiera *ce Code civil, contre lequel le Chef de la religion, quoique sans fruit, s'est élevé si souvent à cause des articles qu'il renferme, et principalement ceux du mariage et du divorce, qui sont contraires aux lois de l'Église et de l'Évangile.*

S. S. enfin a dû être étonnée de voir rapportée dans le susdit décret la demande des passeports faite par le cardinal Caprara, qu'on désigne simplement par le nom d'ambassadeur de la Cour de Rome, et en même temps de voir qu'on en faisait un quatrième motif d'envahissement. S. S. croit avoir détruit tout motif d'accusation à ce sujet, par la réponse que le soussigné a eu l'honneur de faire à la note de Monseigneur de Champagny, le 19 avril dernier.

Déjà il est prouvé d'une manière satisfaisante que l'ordre de la demande des passeports allait de pair avec la demande équitable d'évacuer Rome, et de renoncer aux extorsions, qui sont inacceptables pour le Chef de l'Église.

S. S. ne saurait donc s'empêcher de répéter qu'il dépendrait de la volonté de S. M. de ne pas regarder le cardinal Caprara comme simple ambassadeur de la Cour de Rome, mais de le laisser partir comme légat apostolique, ou de lui faire continuer sa résidence à Paris; en conséquence, c'est injustement qu'on allègue cette accusation dans le décret.

Cependant, si l'injustice de ce décret a rempli de tristesse le cœur affligé du S. P., il ne lui a pas été moins sensible de voir un autre décret donné en même temps, par lequel il est enjoint à tous les cardinaux, prélats, officiers et employés quelconques près de la Cour de Rome, qui sont originaires de l'empire, d'y rentrer, sous peine de désobéissance; il n'est donc que trop clair maintenant, dit S. S., que ce n'est pas seulement sa puissance temporelle qu'on attaque, mais aussi sa puissance spirituelle, quoique dans l'autre décret on fasse une distinction astucieuse entre le Souverain temporel de Rome et la personne du Vicaire de J.-C., pour témoigner encore à l'égard de celui-ci une estime simulée.

Quel est celui qui ne voit pas que la loi proposée n'a d'autre but que de rendre impossible à S. S. l'accomplissement de ses propres devoirs, de brouiller son conseil, de rendre plus difficile le gouvernement de l'Église, et de lui enlever, dans ses plus intimes amis, la seule consolation qui lui reste dans l'exercice difficile et embarrassant de ses devoirs de Chef de l'Église?

Le Pape n'est pas seulement l'Evêque de Rome, comme on ne l'avance que trop improprement, mais en même temps le pasteur de l'Église universelle, et par conséquent il a le droit de se choisir les ministres et coopérateurs de son apostolat hors de tous les peuples de l'univers. En effet, dès les premiers jours du christianisme, le clergé de Rome ne fut pas seulement composé de Romains, mais d'individus de toutes les nations, comme il appert clairement par le nombre d'étrangers du clergé romain qui, dans les premiers siècles de l'Église catholique, ont occupé la chaire de St.-Pierre.

S. S. se plaint donc avec raison, avec droit, et proteste contre cette loi qui n'a aucun

égard pour ces membres distingués de l'É-
glise, qui sont choisis pour prêter une main
secourable dans le gouvernement du peuple
de Dieu; elle proteste et s'oppose ouverte-
ment, à la face du monde entier, contre l'envahissement de ses possessions, et la déclare
injuste, nulle et d'aucune valeur; que personne au monde ne peut s'arroger quelque
droit sur la paisible et légitime souveraineté
et possession de S. S. et de ses successeurs ;
et si la violence l'empêche de les exercer,
son intention est de les conserver intactes
dans sa conscience, afin que le Saint-Siége
puisse s'en ressaisir aussitôt qu'il plaira à ce
Dieu fidèle et véritable, qui juge et décide
selon la justice, qui porte sur son vêtement,
en écrit, Roi des Rois et Seigneur des Sei-
gneurs (1).

En attendant, S. S. élève les vœux les plus
ardens vers le Père des miséricordes, afin
qu'il daigne animer de l'esprit de patience
et de résignation ses sujets qui sont arrachés
par violence de sa souveraineté, et qui seront constamment l'objet de sa tendresse,
afin qu'ils attendent avec soumission, du Ciel,

____

(1) Apoc. 19. 16.

consolation et paix, et qu'ils puissent toujours conserver intactes dans leurs cœurs la
religion et la foi : le Dieu d'Israël accor-
dera, à cet effet, puissance et force à son
peuple (1).

Voilà les sentimens et protestations que
S. S. a chargé l'écrivain de cette note, de
mettre sous les yeux de V. Exc., comme
chargé d'affaires du royaume dans lequel
ses provinces sont incorporées. Pendant que
je me fais un saint devoir d'obéir fidèlement
à l'ordre que j'ai reçu, je vous renouvelle
les sentimens de ma sincère estime.

Était signé G. GABRIELLI, Cardinal.

A l'instant de la communication de cette
note au chargé d'affaires, S. S. a voulu qu'on
en donnât une copie à tous les ministres étrangers résidan à Rome, laquelle a été trans-
mise à chacun d'eux avec le billet suivant :

Si les douloureux événemens qui se sont
succédés les uns après les autres, eussent été
capables d'ébranler le S. P., le dernier coup
qu'il a reçu de la Cour de France aurait
déconcerté sûrement son courage ; mais

____

(1) Psau. 67, vers. ult.

S. S. était déjà préparée, et ferme dans la résolution de ne pas trahir ses devoirs sacrés, et de ne pas déplaire à Dieu pour plaire aux hommes : elle a subi avec constance la nouvelle spoliation de la meilleure partie de ses possessions restantes. Le S. P. devant cependant à l'Église, au monde et à lui-même, de venger son honneur des accusations qu'on lui impute dans le décret émané le 2 avril dernier, en vertu duquel ses provinces viennent d'être incorporées au royaume d'Italie, a ordonné au cardinal Gabrielli, pro-secrétaire d'Etat, de donner une note à Monseigneur Caval. Alberti, pour démontrer la nullité des motifs par lesquels on a prétendu justifier l'usurpation, pour réclamer contre la dureté d'un décret de même date, et pour protester en même temps contre la violence de cette spoliation.

Le S. P. voulant que ses sentimens soient connus de toutes les Cours, a ordonné expressément à l'écrivain de transmettre à Votre Seigneurie Illustrissime copie des décrets, et la note, pour qu'elle puisse les faire passer à sa Cour.

Signé, G. Card. Gabrielli.

Lettre d'accompagnement.

Illustrissime et Révérendissime Seigneur,

Ayant reçu ordre de Notre Seigneur de transmettre à Votre Seigneurie Illustrissime quelques feuilles pour vous servir de règle, quand les cas y mentionnés se vérifieront, je me sers d'un moyen particulier pour les faire parvenir avec sureté à Votre Seigneurie Illustrissime, et c'est la personne qui vous remettra les présentes. Après avoir accompli les commandemens du S. P., il ne me reste plus qu'à vous confirmer les sentimens de l'estime sincère avec laquelle je vous baise les mains.

De Votre Illustrissime et Révérendissime.

Signé, pour le Cardinal Secrétaire d'État,

G. C. Gabrielli.

A Rome, ce 22 Mai 1808.

Autre lettre écrite aux Évéques, traduite de l'italien.

Illustrissime et Révérendissime Seigneur,

Votre Seigneurie Illustrissime aura déjà appris par ma dépêche du 22 mai courant, expédiée à elle par occasion particulière, que le serment n'est point licite, et cela d'autant moins qu'on prétend aussi de l'étendre aux lois, dans l'ordre desquelles entre le Code, et probablement sont compris les fameux décrets et les ordonnances destructives du concordat; elle aura pareillement appris ce qui est prescrit au sujet des emplois.

Le S. P. prévoyant maintenant d'autres anxiétés dans lesquelles Votre Seigneurie Illustrissime se pourrait trouver, il m'a ordonné de communiquer d'autres instructions, qui sont les suivantes :

Et 1°. craignant avec fondement que les suppressions des couvens et monastères ne sé réalisent, afin que Votre S. Illus. ait une règle de conduite, et que les religieux et religieuses qui seront contraints d'aban-

donner leur cloître, ne souffrent pas d'anxiétés dans leur conscience, S. S., dans le cas
indiqué, autorise Votre Seigneurie Illustrissime à transférer, quand la nécessité l'exi-
gera, les individus des couvens et monastères supprimés à d'autres couvens ou
monastères restés; à mitiger leurs règles
respectives, lorsqu'elles ne seront pas compatibles avec celles de la communauté où ils
seront reçus; à placer les religieuses, au
défaut d'asile, ou pour d'autres grands motifs, dans les maisons de leurs parens, ou
chez des dames honnêtes, en y portant, s'il
est possible et sans inconvénient, l'habit religieux, ou aussi en le déposant, si elle le
juge nécessaire; à permettre aux religieux,
qui n'ont pas la facilité d'être reçus en d'autres couvens, de rester dans le monde avec
leur habit, quand ils le peuvent conserver
sans trouble, ou bien de prendre l'habit de
prêtre séculier, s'ils sont prêtres, ou un habit modeste, s'ils sont frères laïques; bien
entendu cependant que, tant les religieux
que les religieuses, doivent porter sur le
dos, mais en cachette, un signe des habits
respectifs de leur institut, quand ils ne le
peuvent pas conserver.

De telle manière, il sera suffisamment suppléé au besoin, sans procéder aux in-dults de sécularisation perpétuelle ; et si quelqu'un avait des motifs d'en faire la de-mande, il en devra présenter requête au S. P., lequel se réserve de donner, dans les cas particuliers, les dispenses convenables.

Ensuite, pour pourvoir aux objets d'im-munité ecclésiastique, le S. P. confère à V. S. toutes les facultés nécessaires, afin que, selon les circonstances, elle soit habile à permettre l'extraction des coupables des lieux exempts, usant pourtant de toute la cir-conspection et de toutes les précautions qui seront praticables, et qui seront jugées né-cessaires pour éloigner le scandale et le tort des particuliers.

Enfin, sauf toujours les maximes rappor-tées, et sans préjudice des droits incontes-tables de l'Eglise, S. S. autorise V. S. Il-lustrissime à accorder des pouvoirs, tant activement que passivement, de connaître et juger les causes, tant civiles que crimi-nelles, purement profanes, des Eglises et des lieux, comme aussi des ecclésiastiques et des personnes exemptes ; et cela principale-ment dans la vue de subvenir aux besoins, ét d'éviter les dommages des parties intéressées, qui ne pourraient obtenir justice en autre manière que par le moyen des tribunaux laïques, vu que la force empêche *au for ecclésiastique* d'exercer ses droits légitimes et inébranlables.

S. S. accorde à V. S. Illustrissime ces facultés pour l'espace d'une année, si le besoin dure autant de temps, en l'avertissant d'exprimer respectivement la délégation apostolique.

Pour le reste, S. S. recommande instamment à V. S., dans les circonstances actuelles, de redoubler son zèle et sa vigilance pastorale, pour préserver ses troupeaux des maximes perverses qui pourraient s'insinuer, et de la corruption des mœurs, en mesurant tous ses pas de telle manière, qu'il ne puisse jamais naître des soupçons d'adhésion ou connivence aux entreprises qui pourraient être contraires à la doctrine évangélique, et préjudiciables aux droits et à la liberté de l'Église.

C'est ce que je signifie à Votre Seigneurie Illustrissime, afin que cela vous serve de règle; et je vous souhaite avec estime une parfaite félicité dans le Seigneur.

De V. S. Illustrissime et Révérend.,

Pour le Cardinal Secrétaire d'Etat, malade,

G. Card. GABRIELLI.

A Rome, le 29 Mai 1808.

Extrait du Journal de l'Empire.

(Milan, le 15 Juin.)

Par différens décrets, S. A. I. le prince Vice-Roi a donné la publication dans les trois nouveaux départemens de Métauro, Muson et Tronto, 1°. des statuts constitutionnels du royaume d'Italie; 2°. du concordat avec le Saint-Siége, conclu à Paris le 16 septembre 1803; 3°. du décret impérial du 8 juin 1805, sur l'organisation du clergé séculier et régulier; 4°. du décret du 14 mars 1807, qui déclare naturel, et le seul en usage dans toutes les Eglises du royaume d'Italie, le catéchisme approuvé par le cardinal Caprara, archevêque de Milan; 5º. du décret du 20 avril 1806, sur les biens des abbayes et commanderies, de quelqu'ordre étranger que ce soit, ainsi que sur les biens, écoles, confréries et autres congrégations laïques, sous quelque dénomination que ce soit.

Les directions des domaines prendront, immédiatement au nom du Roi, possession des biens et revenus qui, en exécution des décrets du 8 juin 1805 et du 25 avril 1806, sont échus à l'Etat. Les membres des corporations religieuses, compris dans les dispositions précédentes, resteront dans leurs couvens mutuels, jusqu'à ce qu'il ait été statué sur leur commutation.

A MM. les Ministres étrangers résidant près du Saint-Siége.

Des Chambres du Quirinal, le 17 Juin 1808.

Un attentat des plus griefs, qui en réunit tant d'autres, un attentat qui doit attirer les regards de toutes les souverainetés de la terre sur leurs propres intérêts, pour la sureté de leurs représentations et pour l'inviolabilité de leurs cours, a été commis hier sur la personne du cardinal Gabrielli, pro-secrétaire, sur les papiers de son ministère, et dans l'habitation même de son Souverain.

Le S. P., qui sent que des coups aussi san-glans se multiplient tous les jours davantage, qui voit la violence poussée jusqu'à tel ex-cès, que, de mémoire d'homme, on n'a rien vu de semblable, et qui se trouve consolé en souffrant pour la justice, mais qui ne veut pas manquer à l'Eglise et à la foi même, a commandé à l'écrivain d'envoyer ses ré-clamations à M. le général Miollis, et ses protestations contre des violations aussi inju-rieuses, et lui a ordonné d'en transmettre copie à V. Exc., pour renouveler, dans les formes les plus solennelles, les mêmes pro-testations à tous les ministres résidant près le Saint-Siége, afin qu'ils attirent là-dessus l'at-tention de leurs cours respectives.

Le cardinal soussigné, fidèle exécuteur des ordres de S. S., et à l'instant, pour rem-plir tout ce qui lui a été enjoint, confirme à V. Exc. les sentimens de sa sincère considé-ration.

Signé, G. Cardinal Gabrielli.

A M. le Général Miollis.

Du Quirinal , le 17 Juin 1808.

Hier , environ trois heures de l'après-midi, comparurent dans les chambres du cardinal Gabrielli , pro-secrétaire d'Etat, deux officiers français qui, par ordre de Votre Excellence, se permirent de sceller le secrétaire dans lequel il retient les papiers, d'y mettre une sentinelle à vue , et d'intimer à l'écrivain de partir de Rome dans le terme de deux jours, pour se transporter à Somaglia , son évêché.

Quel fut l'étonnement du soussigné , à cause d'un aussi grief attentat, non pas pour ce qui le regarde personnellement, mais pour le caractère dont il est revêtu et pour le poste qu'il occupe! Il est bien facile de se l'imaginer.

Après en avoir fait son rapport à S. S., émue et indignée de l'énormité de tant de violences, elle a ordonné au soussigné de signifier à V. Exc. que d'accumuler les ou-trages, de les redoubler coup sur coup, de fouler aux pieds, sans retenue, la dignité du Chef de l'Eglise, d'exercer la cruauté sur les innocens et les opprimés, était chose réservée au 19e. siècle;

Qu'entre les abus de la force, dont le souvenir étonnera la postérité, le plus grand est celui commis hier sur le secrétaire, comme cardinal, comme évêque et comme ministre d'Etat; commis pour objet de direction spirituelle, dans laquelle il n'a pas eu d'autre part, que celle d'une obéissance bien due; commis dans le palais même du Souverain Pontife, contre les lois les plus sacrées et les plus respectables du droit des gens, et du consentement de tous les peuples, et dans tous les temps, depuis qu'on connaît la civilisation; que, si le domicile d'un ministre étranger est sacré sur le territoire d'un autre Prince, l'usage du pouvoir, non effacé en ce même domicile, est regardé comme une violation du droit public.

Que devra-t-on jamais dire de la force exercée sur la propre personne du ministre, dans l'habitation du prince territorial? Que dira-t-on de cette force étendue à l'occupation du dépôt le plus inviolable de la foi publique, comme est le cabinet de ce ministre? Il n'est pas seulement ministre politique d'un prince temporel, mais encore ministre d'un Souverain, dont la qualité première est celle de Chef de l'Eglise; et il l'est, non-seulement pour les affaires temporelles, mais aussi pour les affaires spirituelles, même de tout le monde catholique;

Que l'injure à lui faite n'est pas seulement la violence la plus grande que l'on puisse faire et commettre contre les principes du droit public, mais aussi la plus outrageante que l'on puisse s'imaginer contre la dignité du premier *Hiérarche*, contre la liberté, l'indépendance et la sûreté qui lui sont dues sous les rapports religieux de sa primatie spirituelle, que l'on proteste par les paroles de vouloir respecter..... mais que l'on foule aux pieds par les faits;

Que, dans ces opérations, se fait voir une violence sans exemple; violence dont, même dans les intimations publiques, dans les momens mêmes d'hostilité, les Souverains se sont toujours réciproquement abstenus; violence contre laquelle, après avoir protesté hautement devant Dieu, elle entend de protester hautement à la face du monde entier, que sa volonté expresse est que le secrétaire ne s'éloigne pas de son côté, et qu'il ne se prête pas aux ordres d'une puissance illégitime qui n'a aucun droit sur lui; que, si la force, par ses abus ordinaires, et en foulant aux pieds les principes les plus sacrés, l'arrache violemment de son sein, on verra renouveler ce spectacle, qui, plus il sera digne de réprobation dans celui qui l'exécutera, et plus il sera glorieux pour celui qui le souffre.

Ce sont les sentimens du S. P., que le soussigné a ordre exprès de manifester fidèlement, et sans la moindre altération, à V. Exc., à laquelle il a l'honneur de renouveler les sentimens de sa considération distinguée.

G. GABRIELLI.

Le S. P. a nommé pro-secrétaire d'Etat Son Eminence le cardinal Barthelemy Pau, et pro-secrétaire de la consulte, Monseigneur Carlo Pédicini.

Notification de Sa Sainteté, publiée et affichée à Rome le 10 juin 1809.

PIE VII, Pape,

ILS sont enfin accomplis les terribles desseins des ennemis de la foi apostolique!

Après la spoliation violente de la plus belle et de la plus considérable partie de nos domaines, nous nous voyons, sous d'indignes prétextes et avec la plus grande injustice, dépouillés de notre souveraineté temporelle, à laquelle est étroitement liée notre indépendance spirituelle. Au milieu de cette cruelle persécution, nous nous consolons, en pensant que nous ne nous sommes attiré d'aussi grands malheurs, ni par aucune offense faite à l'Empereur des Français, ni à la France, qui a toujours été l'objet de notre tendre et paternelle sollicitude, ni par aucune intrigue de politique mondaine, mais pour n'avoir pas voulu trahir nos devoirs ni notre conscience. S'il n'est permis à aucun de ceux qui professent la religion catholique de plaire aux hommes en déplaisant à Dieu, à plus forte raison ne l'est-il pas à son Chef et à son défenseur. Devant néanmoins à Dieu et à l'Eglise de transmettre sains et intacts tous nos droits à nos successeurs, nous protestons contre cette nouvelle spoliation violente, et la déclarons injuste et nulle. Nous rejetons, avec la résolution la plus ferme et la plus décidée, toute espèce de revenu fixe, que l'Empereur des Français prétend assigner à nous et aux membres de notre Collége. Nous nous couvririons tous d'opprobre à la face de l'Eglise, si nous faisions dépendre notre subsistance des dons de l'usurpateur de ses biens. Nous nous abandonnons entièrement à la Providence et à la piété des fidèles, et nous serons contens de terminer ainsi sobrement la carrière amère de nos jours remplis d'épines. Adorons avec une profonde humilité les impénétrables décrets de Dieu ; invoquons sa miséricorde pour nos bons et fidèles sujets, qui seront toujours notre joie et notre couronne ; et, après avoir fait, dans cette cruelle circonstance, ce qu'exigent nos devoirs, exhortons-les à conserver toujours intactes la religion et la foi, et à s'unir à nous pour conjurer, par nos gémissemens, entre le parvis et l'autel, le souverain Père des lumières, afin qu'il daigne changer les desseins pervers de nos persécuteurs.

Donné en notre Palais apostolique et quirinal, le 10 juin 1809.

Relation de ce qui s'est passé à Fontainebleau, les 22 et 23 Janvier 1814.

Monsieur de Beaumont, évêque de Plaisance, nommé par l'Empereur archevêque de Bourges, avait été plusieurs fois envoyé par le Gouvernement vers le S. P., pour le déterminer à quelques arrangemens : tous ses efforts avaient été inutiles. « M. L'évê-
» que, avait répondu le Souverain Pontife,
» le bon Dieu sait les larmes que j'ai ré-
» pandues sur le prétendu concordat que
» j'ai eu le malheur d'accepter; j'en porte-
» rai la douleur jusqu'au tombeau : c'est
» un sûr garant que je ne serai pas trompé
» une seconde fois. »

L'archevêque de Tours, l'évêque d'E-vreux et le cardinal Maury se rendirent aussi à Fontainebleau. Pie VII refusa de voir le cardinal; il dit aux autres prélats qui furent admis à son audience, et qui le pressaient de faire quelques sacrifices pour éviter les suites funestes d'un refus : « *Laissez-* » *moi mourir digne des maux que j'ai* » *soufferts.* » Cependant l'évêque de Plaisance revenait toujours à la charge. Fatigué de ses instances, le Souverain Pontife ordonna d'avertir le prélat, lorsqu'il se présenterait, de mettre ses demandes par écrit. M. de Beaumont fut sans doute informé de cet ordre ; car lorsqu'il parut au château pour obtenir une nouvelle audience (c'était le 22 janvier), dès qu'on lui eut fait part des volontés du S. P., il donna un papier écrit, en sollicitant l'honneur de voir Sa Sainteté, toujours par l'ordre du Gouvernement. L'Empereur, d'après ses nouvelles propositions, consentait à rendre au Chef de l'Eglise une partie de ses Etats, pourvu que Pie VII cédât l'autre. L'auguste prisonnier, ayant fait entrer M. de Beaumont, lui dit : « Les domaines de Saint-Pierre ne sont pas » ma propriété, ils appartiennent à l'Eglise, » et je ne puis consentir à aucune cession ; » au reste, dites à votre Empereur que, si, » pour mes péchés, je ne dois plus retour- » ner à Rome, mon successeur y rentrera » triomphant, malgré tous les efforts du » Gouvernement français. »

L'évêque de Plaisance voulut un peu justifier l'Empereur, qui, disait-il, avait la meilleure volonté. « *Je me fie beaucoup plus* » *aux Princes alliés qu'à lui,* » répondit le Souverain Pontife. Le prélat, étonné, de-

manda quelque explication sur ces der-
nières paroles. « *Il ne me convient pas de*
» *vous la donner, ni à vous de l'entendre,* »
répondit le Chef de l'Eglise. M. de Beaumont voyant que tous ses efforts étaient
inutiles, ajouta que le S. P. allait retourner
à Rome; que c'était l'intention de l'Empereur. « Ce sera donc avec tous mes cardi-
» naux, » dit le Souverain Pontife. L'évêque
dit que cela n'était pas possible pour le moment; que l'Empereur avait les meilleures intentions, mais que les circonstances ne lui
permettaient pas de faire partir en même
temps les cardinaux pour Rome. « Eh bien,
» répliqua Pie VII, si votre Empereur veut
» me traiter en simple religieux, *et je n'ou-*
» *blie pas que je le suis,* je n'ai besoin que
» d'une voiture pour me conduire; tout ce
» que je demande, c'est d'être à Rome pour
» remplir les fonctions de ma charge pas-
» torale. » S. P., dit le prélat, Sa Majesté
sait ce qu'elle doit au Chef de l'Eglise; elle
ne méconnaît pas votre dignité; elle veut
vous donner une escorte honorable : un colonel doit vous accompagner. « Du moins,
» reprit avec dignité le S. P., le colonel ne
» sera pas dans ma voiture; » et il congédia

M. de Beaumont. Dès que celui-ci fut sorti de l'appartement, le colonel y entra, pour avertir le S. P. qu'il allait le conduire à Rome : c'était le samedi après-midi. Le Souverain Pontife, bien persuadé de la mauvaise foi du Gouvernement, qui ne voulait pas le renvoyer dans sa capitale, déclara qu'il ne partirait que le lendemain, après avoir dit sa messe. Il le déclara avec tant de fermeté, qu'on ne répliqua pas; mais le colonel ne quitta pas son appartement, et il ne fut pas permis au S. P. de parler à personne en particulier. Cet état de contrainte n'empêcha pas l'illustre prisonnier de convoquer tous les cardinaux qui étaient à Fontainebleau, au nombre de 17; un d'entre eux, malade, fut porté au château. Arrivés auprès du S. P., ils se jettent à ses pieds en pleurant, et Pie VII mêla ses larmes avec les leurs, en leur donnant sa bénédiction. Malgré la présence du colonel, il leur prescrivit trois choses : la première, de ne pas porter les décorations qu'ils avaient reçues du Gouvernement; la seconde, de ne recevoir aucun traitement, aucune pension du Gouvernement; la troisième, de n'aller à aucuns repas où ils seraient invités par les hommes du Gouvernement. Le dimanche 23, le S. P. fut enlevé de Fontainebleau, à onze heures du matin ; et le soir même, il arriva près d'Orléans. On l'a fait voyager sous le nom de l'évêque d'*Imola*. Plusieurs cardinaux ont témoigné le désir que ces détails fussent connus : on ignore s'ils en étaient chargés par le S. P. LL. EE. n'ont pas tardé à être enlevées elles-mêmes de Fontainebleau. On a fait partir chaque cardinal en particulier avec un gendarme, et ils ne devaient savoir qu'en route le lieu de leur destination.

5 Avril 1814.

P. S. Depuis l'époque de cette relation, on ignorait généralement où avait été conduit le Souverain Pontife. Les directeurs de l'opinion publique faisaient circuler des bruits contradictoires. L'arrêté du Gouvernement provisoire, du 2 de ce mois, apprend à l'Europe entière « QUE DES OBSTACLES » ONT ÉTÉ MIS AU RETOUR DU PAPE DANS SES » ETATS, ET QUE, DÉPLORANT CETTE CONTINUA- » TION D'OUTRAGES DONT ON ABREUVE DEPUIS SI » LONG-TEMPS LE CHEF COURAGEUX QUE L'É- » GLISE REDEMANDE, il est ordonné QUE TOUT » EMPÊCHEMENT A SON VOYAGE CESSE A L'INSTANT, » ET QU'ON LUI RENDE DANS TOUTE SA ROUTE LES » HONNEURS QUI LUI SONT DUS. »